KB106936

댑싸리비

예술가시선 35

댑싸리비

초판 1쇄 발행 2023년 12월 15일

지은이 신종찬

펴낸이 한영예
편집 박광진
펴낸곳 예술가
출판등록 제2014-000085호
주소 서울 송파구 문정로13길 15-17, 201호
전화 010-3268-3327
팩스 033-345-9936
전자우편 kuenstler1@naver.com
인쇄 아람문화

ISBN 979-11-87081-31-9 03810

예술가 시선
35

댑싸리비

신종찬 시집

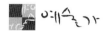

시인의 말

두엄더미에 절로 자라나
한 자루 비 되어
마당을 쓰는 댑싸리처럼

2023년 입동날

목차

4부 안동시편

5부 서 있는 나무

1부

나를 찾아서

귀뚜라미

나 여기 있어요
나 여기 있어요
나 여기 있어요
제 이름만 자꾸 불러댑니다

보름달에도 그믐달에도
여기 있으니
잊지 말아 달라고
제 이름 자꾸 불러댑니다

꼭꼭 숨어서
밤새 제 이름 불러대는 뜻은
자신을 찾기 위해서일까요

귀뚜라미 따라

나도 나를 찾아서

속으로만

내 이름 자꾸 불러 봅니다

달팽이

달팽이는 아파트 베란다 구석에 놓인
화산돌 분재 동백나무 밑에 집을 지었습니다
물만 가끔 주었더니
몇 마리가 밤에만 몰래 나와 돌아다닙니다

한 달이 지나자 낮에도 열 마리도 넘게 보였습니다
달팽이는 암수한몸으로
한 마리가 수컷 노릇으로
교미를 도맡아 다른 암컷들이 알을 밸 수 있다 합니다

또 한 달이 지나자
낮에 스무 마리 넘게 보이더니
드디어 분재에 자라는 풍란 뿌리를 갉아먹어
풍란이 거의 죽을 지경이 되었습니다
이제 달팽이를 버려야 할 때가 된 듯합니다

신선한 오이를 두껍게 잘라 분재 위에 두었더니
하룻밤 사이에 수십 마리 달팽이들이
두꺼운 오이 속을 깊이 파고 들어가
예쁜 아내에 빠진 사내처럼
건드려도 나올 줄 모릅니다

오이를 다 버리자
달팽이가 보이지 않았습니다
그래도 달팽이들은
어딘가에 살고 있겠지요
어찌해서든지 살아남겠지요

—《예술가》(2020년 봄호) 신인상 당선작

미끼

어딘가에 잠겨 있는 그것들에는 모두
미끼를 던질 수 있다

산을 낚으려 미끼를 던진다
하늘을 낚으려 미끼를 던진다
미끼가 아니어야 꽃다운 미끼다

너희들이 어디 있는지
나는 알지만
너희들은 내 존재를 모른다

전화가 울린다
어눌한 목소리가 이젠 세련되게 변했다
미끼가 나는 미끼가 아니라 하니, 웃다가
아차, 하는 순간
미끼에 몰려 버리고 만다

세상은 미끼들로 넘쳐난다
미끼를 던진 자가
제 미끼에 물리기도 한다
미끼는 마냥 미끼가 아닌 세상이다

—《예술가》(2020년 봄호) 신인상 당선작

쥐똥나무

무슨 죄의 낙인烙印인지
내 이름은 남들이 싫어하는 동물의 배설물

누굴 지켜야 하는지도 모른 채
길가 공원 가장자리에서 나는,
키 맞추려 마구 잘라 낸 울타리로 서 있다

쓰라린 가지의 상처를 보듬으려
여태까지 버티고 있지만
늘 부끄럽기만 한 내 이름

순백의 여린 내 꽃떨기는
잎 뒤에 숨어서만 피고
재스민보다 더 진한 내 향기는
짙은 매연 속으로 숨어 버린다

올리브 향이 밴

흑진주처럼 빛나는 내 열매도

싫어하는 동물의 배설물이 되고 마는 세상

왜 사냐고 묻는다면

내 모습과 향기에 알맞은 이름으로

나를 불러주지 않아도

나는 늘 꽃 피우는 나무로 살아왔다 답하련다.

—《예술가》(2020년 봄호) 신인상 당선작

봉정사鳳亭寺 돌부처님[*]

천등산 봉정사 뜰에서 만난
아이만 한 돌부처님,
이마에 큰 점 낯익다

천 년 동안 묵묵히 계시던 암자에서
안동댐 수장水葬을 피해
가부좌한 채 이리로 피난 오셨단다

봄가을 소풍 때면
아이들 등쌀에
가부좌를 풀고 비탈길 내려와
종아리에 알배게 너른 강변으로
고사리들 손잡고 달려갔다며
육십 년이 지난 오늘
가부좌를 풀고 일어나, 또
월곡면 절강리 강변으로 소풍 가잔다

이마에 난 큰 점을 가리키며

어릴 적부터 날 잘 알지 않느냐며

낙동강이 굽이쳐

물줄기 끊어진 절벽 아래 큰 소沼를 만든

그 넓은 백사장으로

가는 길 아느냐고 물으신다

그리운 그곳

짙은 물안개에 잠긴 단풍들

혼자 지게 할 수 없다 하신다

자욱한 독경 소리가 물안개처럼 들려온다

* 신라시대에 안동시 월곡면 절강리 절에 있던 부처로 봉정사 극
락전 옆에 모셔져 있음. 경주 석굴암 부처처럼 뛰어난 솜씨로 빚
은 균형 잡힌 조각품.

명함名銜

그래서
여기 내 고삐들이 있습니다
날 부리시려면
이 고삐들을 당겨보세요
내 재갈이 달려 있을 겁니다

초승달이 떠
어스름해진 무렵이라도
큰 소리로 부르시면
번잡한 네거리에 나갔더라도
이 쇠를 물고 기다리다 갈 터이니
잊지 말고 불러주세요

나는 여기에
내 여행 보따리를 풀어 놓았습니다
내 서체書體는
이런 글을 쓸 때 유용하니
필요할 때 꼭 불러 주세요

어려웠지만 버텨 온 건
이 쇠를 갈기 위해서였으니, 앞으로는
빛나는 이 쇠가 날 버티게 해 주겠지요

남들이 날 부르는 고삐들은
asjc74dr@hanmail.net
01053057372
도봉구 방학동
Fax, …….

그러나,
아직도 만들지 못해 애석한 건
내가 날 부르는 고삐입니다

옷을 버리며

아침에,
입지 않던 옷들을 버렸다

한낮에, 눈 녹는 양지쪽 비탈을 지나가다 아침에 버린
옷들이 떠올랐다 내가 옷을 버린 게 아니고, 옷들이
나를 버렸다 몇 년 입던 옷도 있고, 처음 살 때 한두
번 입었던 거의 새 옷들도 있다 늙어 몸이 줄 때까지
아끼다 못 입은 옷들도 있고, 유행이 지나 싫은 옷들
도 있다
옷들은 살 때부터 늘 같은데, 몸과 마음이 변한 건 나
다 나는 버린 옷들을 입어 보려 애쓴 적이 있었던가

양지쪽 눈을 녹이는 겨울 햇볕,
땅이 눈을 녹이는 게 아니고
햇볕의 따가운 등살에 눈들이 떠나간다

외로움의 등살에
옷들이 나를 버리고 떠나갔다

내 삶의 시간들도
외로워서 나를 버리고 떠나갔다

담쟁이

그대 내 앞에
아주 높이 담을 쌓아 주오
내 겨드랑이에
날개가 돋아날 때까지

그대 내 눈을 가려 주오
내 마음의 눈들이
세상을 볼 수 있을 때까지

아주 느리겠지만
분명히 사랑한다 말하며
어느 땅엔가 뿌리를 내리고
겨드랑이에 날개 달아
그대를 꼭 껴안고
부지런히 담장을 올라
마음의 눈으로
넓은 세상을 보고 싶소

그대 내 앞에서
담장을 높이 쌓아 주고
내 눈도 가려 주오

모기

앵 소리 들었을 땐
이미 떠난 뒤라
허공을 가르고 내 목만 후려친다

소중한 남의 피
훔쳐 먹었으면
고마워 흔적이라도 남기지 말아야지

붉게 부푼 자국들
열흘도 넘게
가렵게 하는 건 무슨 경우인가

하기야,
넘쳐나는 경우 없는 세상일에
너 하나 더 보탠대서
변할 건 없지

곧 찬 이슬 내리면

경우 없는 입도 삐뚤어진다니

너도 한때라 하지만

해마다 꾸준히 빼앗아 가니

그래도 한 수 위구나

고개 숙일 곳이

어디 한두 곳인가

바둑

돌 하나에 천하대세 달려 있다
흑 한 수에
백도 꼭 한 수니
공평하고도 정의正義롭다

집을 짓자
더 크게 집을 짓자
나는 내 속셈대로
너는 네 속셈대로
서로 속셈 아느라 불꽃 튄다

내 집 안에 네 집을 짓고
네 집 안에 내 집을 짓고,
내 집을 부수고 네 집을 짓고
네 집을 부수고 내 집을 짓는다

네가 끊으면 나도 끊고
네가 뻗으면 나도 뻗고

회돌이에 축머리로
승부勝負를 향해 불꽃이 튄다

생사生死가
정의正義처럼 잔인한
흑백의 무한無限 세상
버릴 줄 알아야 고수高手가 된다

가을배추

목 빠진 사람들끼리 만나
막걸리병깨나 비우면서
연말이라고 마구 떠들어대다가
빈 막걸리병이 되어 돌아오는 길

서리가 하얗게 내린 텃밭에
통통한 배추들이 줄지어
머리를 질끈 동여매고 있다

떠들며 같이 자라던
고추랑 가지랑 호박들
모두 떠나보내고
말없이 달빛만 채우니
속이 꽉꽉 찰 수밖에

다음 모임에서
말없이 듣기만 하면
빈 막걸리병이 된 내 머릿속도
가을배추 속처럼 꽉 들어차려나

등대

빛,
빛,
빛,
굳게
높이
홀로
똑바로
서 있어야
더 멀리까지 갈 수 있다

마네킹의 기도

아름답게 단장할수록
더욱 슬퍼지네요

죄지은 후 후회하고
죽는다는 걸 걱정해 보고
살을 에는 고통을 느끼며
애타게 기다려도 보고
삶에 지쳐
나의 신神을 찾아보고도 싶어요

한없이 눈물 흘리더라도
슬플 수 있었으면 좋겠다고
간절히 기도했더니
갑자기,
제 눈에서 눈물이 나오기 시작하네요

머그잔

가끔씩 찾아오는
뜨거움도 간직하기로 했습니다
시린 가슴 데운다고 여기며

가끔씩 찾아오는
차가움도 간직하기로 했습니다
뜨거운 가슴을 식힌다고 여기며

늘
비어 있는 마음으로
살기로 했습니다

두꺼운 입술 꾹 다물고
무언가 채워지기를 기다리며

인수봉에 앉아

하지 못한 말들이 그리 많았던지
견디다 못해
언제부터인지,
하늘 향해
불쑥 머리를 내밀고 있습니다

한글을 창제하고
4군6진을 개척하고
7년전쟁 끝에 왜적을 물리치고
나라를 잃었다가 되찾았지만
남북이 두 동강 나 버렸다고
말한들
이제,
무슨 소용이 있나요

곁에는 노적봉, 백운대
멀리는 만장봉
모두 세월의 말ㅌ 낟가리들

참으며 살아온 얘기들이
백악산 밑까지
쌓이고 쌓여
서울 장안을 만들고도 남아
한강으로 흐릅니다

눈 덮인
인수봉 바위에 앉아
나도 불쑥 머리를 내밉니다
덩달아서,

벼

결국 이렇게
아주 발가벗을 때까지
매를 맞고 마는구나
익어가며 그렇게 고개를 숙였건만,

하늘에만 고개 숙인 까닭이겠지

나의 詩

두엄 더미에 절로 자란
댑싸리 두세 포기를
울 밑에 옮겨 놓고

살구가 익어 떨어지고
익은 보리를 모두 타작하고
매미가 울다가 지쳐 들어가고
댑싸리 꼭대기에 고추잠자리가 앉을 때까지
물 주고 밑가지 잘라 주며 고이 키워서
뻗은 손이 모자라게 크면

서리 내려

잎들이 삶기기 전에 베어 내어

넓은 판자 사이에 눌러

툇마루 밑에 비 맞지 않게 두었다가

칡덩굴로 묶어 댑싸리비로 엮어

마당 모퉁이부터

밤새 내린 눈을 쓸어 나가면

세상 한구석이 깨끗해지고

내 마음 한구석도 깨끗해집니다

자서전自敍傳

내 태어난 시절은
타작할 보릿단 널어 말리는 무더운 시절
느닷없이 내렸지만
가뭄 끝에 내렸기에
베적삼 적셔도 좋은 오뉴월 소낙비였다가

베틀 아래 도투마리 배빗대 갖고 놀던 아이가
봄 온 줄 알고 뒷산에 올라
억지로 까 보는 아직 덜 핀 할미꽃 봉오리였다가,
천자문 뗐다고 동구 앞 느티나무 숲을 돌아오는
책거리 떡 든 아이를 바라보는 담 밑 하얀 민들레였다가,
금단추를 달고 전깃불 들어오는 곳에 배우러 가는 손자를
걱정으로 배웅하는 할머니를 바라보는 봄버들가지였다가,
열차 타고 죽령 재 너머 서울로 가며 산속 굴 지나느라
콧구멍 까매진 두리번두리번 시골 학생을 바라보는
청량리역 시곗바늘이었다가,
서툰 솜씨로 죽은 이의 피부에 매스를 댈 때

44

죽은 혈관을 보전하는 냄새 독한 포르말린이었다가,
아이들 코 닦고 똥 만지고,
기침하고 어지러운 할머니들 곁에서
괜스레 홀로 지쳐 목쉰 모습을 바라보는
낡은 청진기였다가

너도 그랬겠지
희망에 부풀었다 안타깝게 터져버리는
거품을 잡고 허탈해하는 거친 손가락이었다가,
기약 없이 찾아오는 일들 감당 못 해
아내에게, 아이들에게 투덜대다 젖어 버린 속눈썹이었
다가,
무덤덤하게 바라볼 수 있는 무렵이면
어느덧 하얗게 쉬어 버린 귀밑머리였다가

만지자 금방 녹아 버리는
봄눈 쌓인 소나무 가지였다가

그 봄눈이었다가

가지를 타고 내리는 봄눈 녹은 물이었다가…….

2부

옥상 텃밭을 가꾸며

겨우살이

첫눈 오는 날
대나무로 서까래 만들고
폐비닐로 채소 화분을 덮는다

재잘거리는 어린 채소들 입김으로
비닐 창 뿌예지더니
맺힌 물방울들 흘러내려
주룩주룩 창살까지 그려진다

눈은 계속 쌓이고
든든한 비닐 쪽방 안은
겨우살이 궁리로 왁자지껄하다

봄 거름

냉이는 마른 봄볕만으로
벌써
하얀 꽃들을 가득 피워 냈다

김이 무럭무럭 나는
겨우내 썩힌 거름들을
구멍 난 스티로폼 상자들에 담는다

고춧대, 호박넝쿨, 가지대, 오이넝쿨, 상추대들을 잘라
달걀 껍데기, 사과 껍질, 귤 껍질, 파 껍질, 무 꽁지, 배추
푸성귀 등을
마음껏 썩고 싶은 대로 썩으라고 흙과 뒤범벅 만들어서
주워 온 비닐장판으로 덮어 겨우내 두었던 거름 더미
를 삽으로 헤집으면서
고추며 상추 오이 호박 감자 고구마 키울 욕심에
시큼한 냄새조차 달갑다

갑자기,
썩지 않는 억센 호박 줄기 삽날에 걸린다
이럴 땐,
푹 잘 썩으라고
썩은 내 마음도 같이 썩어두고 싶다

봄 아침

왁자지껄 봄 소리가 들려
출근하자마자 옥상 문을 연다

벌써 잎 핀 냉이는 꽃망울 맺느라
꽃다지는 노란 꽃들 다지느라
달래는 파란 머리 곱게 빗느라
파는 새끼손가락 내미느라
노랑해당화는 노란 작은 눈 뜨느라
백합들은 여기저기서 파란 입 벌리느라
노란 달리아는 작은 손바닥 펴느라
블루베리는 빨간 꽃눈 다듬느라
사과나무는 솜털 꽃눈 비비느라
분꽃나무는 꽃을 쥔 작은 주먹 펴느라
포도나무는 겨우 굵은 눈 부풀리느라

수선화는 한 뼘이나 자라 수선을 떨고
활짝 핀 아네모네는 고개 숙이는데
꿈 뜬 대추나무는 아직 자고 있는데

저만치 담 밑에선
뭣이 그리 급한지
잎 치마도 안 입고
입술을 벌겋게 칠하고 또 칠하는 진달래

옥상 농사

겨우내
채소 과일 껍질들 모아
켜켜이 흙 섞어 마련한
스티로폼 상자 밭뙈기들

조선오이, 호박 덩굴들 아래
적상추, 청상추, 로메인상추 처녀들이
주름치마 자랑할 때
깻잎 아가씨는 단정히
애교머리 빗고 있다

몸 좋은 가지 총각
불쑥 내민 자줏빛 장딴지에
주눅 들지 않으려
아기 손가락만 한 청양고추 총각들
빨갛게 고추 세운 매운맛 냄새
여름 땡볕보다 따갑다

더덕더덕 나뭇가지에 기어오른 더덕
초록 꽃 피워 아기 종을 울리고
그늘에 웃자란 도라지는 넘어지며 펴도
꿈은 항상 새파란 하늘빛

오늘 아침 출근길에도
아내는
어제 풋고추 담아 온 봉투에
옥수수껍질과 참외껍질 담아 준다
퇴근길에 애호박 기대하는지

가지치기

옥상 정원에 봄볕이 쌓이는 날
좁은 화분 속에서
다리도 못 뻗고 자란 나뭇가지들을
바른 모양 갖추게 한다며
단호하게 잘라 낸다

가윗날이 제법 번뜩인다

싹둑싹둑 잘린 가지들이
도대체 기준이 뭐냐고
진하게 항의한다
사과나무는 사과 향기,
배나무는 배 향기,
복숭아나무는 복숭아 향기로

멋대로 자란
제 마음도 못 자르면서
나뭇가지들은 멋대로 잘라 버린다

꽃밭에서

꽃밭을 가꾸며
절로
기다림도 배우고
말하기도 배웁니다

철없이 먼저 피는 꽃도 있고
철 지나서 뒤늦은 꽃도 있습니다

기다리지 못하면 제 모양을 잃고
펴야 할 때 못 피면 계절을 잃습니다

꽃망울이 기다림인지
꽃이 피는 것이 말하기인지
꽃들만이 알겠지만,
알맞게 기다렸다가 피는 꽃망울들이
더 향기로웠습니다

피기 전에
기다림을 먼저 배우는 꽃들처럼
말하기 전에
침묵해야 한다는 걸 배웁니다

장마

빗줄기가
빗줄기를 불러
종일,
물 고이는 날

마음이
마음을 불러
종일,
마음 고이는 날

늘 가까운 휴대폰을
종일,
멀리 두는 날

옥상 텃밭에
물 주지 않아도 되는 날

늙은 오이

아직 여름인데 유독 오이 한 포기만 잎이 누렇게 변하며 시들어졌다. 아무리 살펴보아도 원인을 알 수 없다. 이제는 뽑아버려야겠다고 뽑으려 하는데 밑둥치에서 잎에 가려진 커다란 오이 한 개가 누렇게 익어가고 있다. 늙은 오이를 따 주자 오이 줄기가 다시 힘을 내어 자라기 시작했고 새로 오이가 달렸다. 아차, 내가 놓쳤구나. 나도 후배들을 위해 진즉에 감투 벗어야 했다.

거미줄 1

말라가는 포도 넝쿨에
바람까지 가두려는 듯이
열심히 줄을 치는
왕거미 한 마리

큰 줄을 치려
큰 그네를 타고
작은 줄을 치려
작은 그네를 탄다

더없이 열심히 쳤지만
걸리는 건 미물들뿐,
곧 겨울이 오고 말겠지만
그래도 열심히 줄 치는 거미

평생 진료실을 못 벗어나는

거미줄에 걸린 나

거미줄 2

키 큰 해바라기꽃에서 키 작은 고춧대로 거미줄이 쳐져 있습니다. 거미는 가멸은 먹이를 기대하고 목 좋은 방향으로 부지런히 거미줄을 쳐 놓았을 터인데, 해바라기 따라 아침저녁으로 거미줄 방향이 확 달라져 버립니다. 그래서 그런지 한 번도 거미줄에 변변한 먹이가 잡히는 걸 보지 못했습니다. 여름 내내 알찬 열매 맺으려 해를 쫓아다니던 해바라기는 가을이 되어 새들에게 씨를 빼앗긴 후 해 쫓아다니기를 그만두었습니다. 이제는 거미줄에 먹이가 제대로 걸리겠구나 싶었는데, 어느 날 작은 거미가 큰 거미에게 잡아먹히고 있었습니다. 거미들은 후대를 위해 교미 후에 늘 작은 수컷이 큰 암컷에게 잡아먹히기로 한답니다. 자식들 다 떠나보낸 해바라기보다 자식을 위해 잡아먹히는 수거미가 더 행복하다 한답니다. 가늠하기 힘든 대자연의 이치.

3부
민들레 씨

민들레 씨

이제 몸을 가벼이 하자
바람보다 가벼운 갓털에 몸을 싣자
가서, 한 줌의 흙이라도 있으면
뿌리내리고 살아 보자
돌아올 수는 없다

나를 키운 좁은 돌 틈아,
추운 날 감싸 주던 낙엽들아,
같이 밟히며 산 잔디들아,
너희들을 사랑한다

망설이지 말고 떠나자
뾰족하고 야무진 몸처럼
마음 단단히 먹고,
해가 뜨면 떨어지는 별들처럼
허공을 뚫고 떨어질 때도
웃음 잃지 않고,
떨어진 곳이 옥토沃土 아니라도
눈물 흘리지 말자

동백꽃 질 때

무척 참고 기다리며
한 잎 두 잎
힘들게 피어서는
꽃잎 하나씩 떨어뜨릴 겨를 없이
통째 떨어지고 말았지

봄, 여름, 가을
벌, 나비 사랑은
다른 꽃들에 양보하고
뒤늦은 겨울인데도
참지 못하고 폈다는군

떨어진 땅을
이렇게나 붉게 적실 줄 알았으면
지는 걸 그리 슬퍼 않았으리

꽃 속 헤매는 동박새여,
그대 하고 싶은 대로 하시구려

내 붉은 피로
언 땅 녹일 수만 있다면
송이채 뚝뚝 떨어져도
서럽지 않으리

생강나무꽃

알싸한 향이 불러
봄맞이 나선 이는
얼음 밟으며 산길 오른다

아름드리나무들
땅에 수북한 낙엽들
모두 잠자느라 바스락 소리도 없는데

잎도 피지 않았는데
파랗게 물오른 가지 끝에서
연노란 꽃눈들이 알싸하게 터지는데
허공으로 연노란 향기들이 마구 튀는데
벌 나비들도 모두 연노랗게 젖는데
보는 눈도 연노랗게 젖는데

떨며 피는 연노랑 꽃에 물어 본다.
"금박金箔 옷고름만 풀어헤치면 다 된다더냐?"

살구

봄꽃 지고
잊힐 듯 말 듯한 그곳에
휘파람새가
휘리릭
살구 알 색깔로 날아들었다.

군침 참고 한참 쳐다본다.

초록잎에 숨은
연노란 살점의 유혹이
휘파람새를,
나를 이리도 아찔하게 만들까?
아삭 한 입 깨물어본다.
파-
풋 여름 맛에
한낮 졸음이 신발 들고 줄행랑치고

마음은
고향 집 울타리 살구나무 아래로 달린다

복사꽃 아래서

복사꽃이 핀다
무릉도원이 아수라장이다

화사함이 화사함을 불러오고
향기가 향기를 불러온다
벌이 벌을
나비가 나비를
꿈속이 꿈속을
추억이 추억을 불러온다

복사꽃이 진다
무릉도원이 아수수라장이다
화사함이 화사함을 짓밟고
향기로 향기를 짓밟는다
벌이 벌을
꿈으로 꿈을
추억이 추억을 짓밟는다

흐드러지게 지기 위해
흐드러지게 핀다
떨어진 꽃잎 위에 쌓이려
꽃잎이 떨어진다

무릉도원 아수라장에서
에라,
걱정으로 걱정을 지우려
슬며시 걱정을 내려놓으면
내 마음도 복사꽃처럼
아수라장이 된다

팥배나무 아래서

꿈조차 꿀 수 없다는 걸 알지만
또 배梨가 될 꿈꿔 보렵니다

깊고 깊은 산골짜기라
내 몫의 하늘이
뙈기밭만 하지만
새잎들로 가득 채워보려
잔설殘雪 속에서도, 남달리
부지런을 떨었습니다

그래도 못 채운 하늘이 많이도 남아
한 판 흐드러지게 꽃으로 채우려다
속절없이 모두 떨어질 뿐이지만
발밑 검은 땅을
하얀 꿈들로
잠시라도 덮어 보렵니다

풍성한 저 흰 꽃들도
한때는 분명 검은흙 속
무모無謀한 꿈들이었을 터인데
아무리 애써도, 나는
배梨는 될 수 없다 합니다

올봄도 헛된 꿈들
많이도 꾸었으니
하얀 내 꿈들이 얼추 지거든,
그 순간보다 더 오래
날 기억하지는 마세요

산수유꽃 아래서

신라 경문왕의 귀가 자꾸 자라는 사실을 알아버린 신하는, 산사山寺 앞 대밭에서 '임금님 귀는 당나귀 귀' 외치다 죽어 묻혔는데, 죽은 후에도 바람 불면 이 말이 계속 들려오자 대나무를 모두 베 내 버리고 산수유를 심었다.

노란 꽃들이 떼 지어 재잘거린다
꼭 할 말이 있어요
'임금님 귀는 당나귀 귀'
'임금님 귀는 당나귀 귀'

대밭에서 들은 이 말,
이른 봄부터 노란 꽃망울 터뜨려
따스한 봄볕에 말해 주고
꿀 빨러 온 벌 나비에게 전해 주고
쉬러 온 지바퀴에게 말해 주고
졸졸 시냇물에도 전해 주었지만
사람들만 통 알아듣지 못하네

이 말 좀 들어주면 좋겠는데
아무도 못 알아들어
하얗게 된서리 내리고
붉은 가을 열매 볼따귀들이
새빨개지도록 외쳐대느라
매서운 겨울을 다 보낸
산사 뜰에 서서

올봄도 맨 먼저,
'임금님 귀는 진짜 당나귀 귀'라고
참았던 말 전하느라
노란 꽃들이 떼 지어 재잘거린다

자귀나무

칠월 한낮 태양이
마음껏 햇볕을 쏟아 놓는데
무지갯빛 볼 터치하고
속눈썹을 높이 세운 박수무당이
부채춤 추며
불꽃놀이 굿판을 벌인다

불어오는 작은 바람에도
비단 실타래들 흩날리며
참아온 몸부림들은
향기로 모두 날려 보내고
너는,
임 찾아 해가 지기만을 기다린다

어둠 속에 서로를 기대어
너와 내가 합일슴— 되어
얇은 비단 이불 덮은 채
여름밤은 사랑의 강물로 흐르고

내일 낮 또 불꽃놀이 할 준비에
드리운 잎으로 꿈꾸듯 장막을 친다

태양보다 더 뜨거운
한낮 무지갯빛 불꽃놀이는
누굴 유혹하려는지 알 수 없지만
식을 줄 모르는
내 두근거림만은
꼭 네게 맡겨 보고 싶다

개망초

허물어진 절터
기둥을 던져 버린 주춧돌 앞에서
나는 꽃인 척하지도 못하며
점점 사위어가는
가을 햇살을 담아내고 있지

초라한 흰 꽃 한 송이 시들면
내일 또 한 송이가 필 터이지만,
못난 꽃이 질 때도
슬프기는 매한가진데

곱게 펴도 개망초이니
꽃이 피었다
알릴 곳도 없네

하늘이 높아 인연因緣은 지워지고
내 이름 몰라보면 더 반가운 나는,
누구의 주재主宰로
꽃인 척하지 못하는 꽃이 되었을까

향나무

꼬부랑 향나무가 누워 있는 서낭재 아래
방 한 칸 부엌 한 칸 초가 오두막에
살짝곰보 꼬부랑 할머니도 홀로 살았는데

까까머리가 서낭재에 오르다 보면
정화수도 없이 늘 향나무에 지성드리며
인민군 따라간 외아들
꼭 돌아오게 해달라는 할머니 소원
철없는 아들에게 전해 주려
향나무는 하늘에 닿게 향기를 날리고 있었다

눈에 꺾였는지 바람에 꺾였는지
꺾어진 향나무 한 가지 문기둥에 꽂아 놓고
아들 돌아오라고 사립문은 늘 열어둔 채
십 년, 이십 년, 반백 년도 더 가고

흰머리가 우연히 향나무 곁을 지나쳤더니
향나무도 고부랑 할머니가 되어
예전보다 몇 구비나 더 고부라진 채
예전보다 더 진하게 향을 날리고 있었다

4부

안동시편

고향

외로울 때
그곳에 가기만 하면
오롯이 외로워서
외로움을 다 잊을 수 있는 곳

힘들 때
그곳에 가기만 하면
사소한 힘든 일로
큰 힘든 일들 다 잊을 수 있는 곳

늙어서도
그곳에 가기만 하면
편안하게
영원히 잠들 희망을 품게 하는 곳

향하지 않아도
늘 향하고 있다고 여기는 곳
행복할 땐
제일 먼저 잊어 버리는 곳

내 고향 월곡[*]

갈 수 없기에 더 가고 싶은 그곳은
굽이굽이 아찔하게 흘러간 세월처럼
아찔한 낭떠러지 버티재 넘어 사월 동네

솔숲 우거진 월영대月映臺를 돌아가 만나는
넓은 주머리 모래밭으로 흐르던 구룡, 계곡 냇물은
장마 때면 짓궂게도 아이들 학교 못 가게 말렸고

붉은 흙먼지 나는 신작로 따라
우거진 코스모스 길로 가을이 오면
누렇게 나락 익는 드넓은 수대水垈 들판으로
우리는 메뚜기처럼 뛰어다녔지

벼슬이 싫게 살기 좋은 기사리棄仕里에서
질마재 넘어 아마리로 내려온 냇물은
장터 앞에서 아리랑고개 다리 밑으로 흘렀지

할배, 할매,

아제, 아지매, 형님, 누나, 동무들이

5일 만에 만나는 미질 장터엔

갓 쓰고 흰 두루마기 입고,

지게 지고 매상 대고,

고추 팔고, 고등어 사고, 제사장 보고,

지서 앞을 지나 면사무소에 들렀다가

쇠전머리 돌아 나오면

막걸리 한 잔 어찌 없었을쏘냐

우체국 오른편으로 올라가

수양버들숲 속 양철지붕에서

아이들 노랫소리 울려 퍼지는 하늘 끝까지

울울창창鬱鬱蒼蒼 거대한 플라타너스 한 그루를

사각으로 측백나무 울타리가 에워싸면

그곳이 내 동무들과 놀던 월곡초등학교

배나들로 들어온 낙동강은
뱃도목 동네 앞 뱃사공과 만났다가
부처손과 회양목으로 꾸민 벼랑 아래서
새파란 구미沼龜尾沼를 휘감아 흐르고
우지말과 절강 앞 금모래 강변에
소풍 가서 찾은 보물 딱지처럼
소중한 추억들이 많이도 서려 있고

아득하게 넓은 도곡, 궁구리 들판을
수수밭과 서숙밭 속으로 구불구불 가로질러
논골재 넘어 수십 기 고인돌 언덕 앞 길 지나
고바우 벼리로 부지런히 흘렀다.

아!
천 길 물속에 잠긴 그곳이
어이 꿈속에만 보이는가!

* 안동시 월곡면은 1974년 안동댐으로 수몰되었다.

그네 타는 하회탈

바람아, 빈 그네라도 밀어다오
단오 지났다고
발판조차 잘라 버린 그네를
아직은 오월이니 하늘 높이 밀어다오
하회, 병산탈들과 같이 타보게

불에 탄 늙은 느티나무 속이랑
아들 밥 배불리 못 먹인 이팝나무 속이랑
부네* 마음 갖지 못한 총각탈** 속이랑
새경 받아 장가가고 싶은 머슴 속이랑
모두 시원하게 씻어버리게
저 멀리 아래 들판 끝 장터에서
쇠전 머리 국밥집 막걸리 한 동이
부둥켜안고 널름 날라와서
속 타는 이들 시원하게 속 채워 주게
오월 하늘 높이 밀어다오

그래도 힘이 남거들랑

동채*** 앞몰이꾼**** 처럼 몰려가서

놋다리***** 밟는 처녀들 모두 불러 모아

그네 한번 태워 속곳까지 날리도록

아주 높이 밀어다오

* 경북 안동 하회탈 중에서 남성을 유혹하는 여성 탈.
** 하회탈의 한 가지.
*** 안동지방 민속놀이인 동채싸움.
**** 동채싸움에서 맨 앞에 서서 상대를 밀어내는 무리들.
***** 안동지방 민속놀이인 놋다리밟기.

옛집 앞

옛집 그리워
새벽안갯속에 다시 찾으면
간밤 취기는
아침 목욕 온기로 더욱 몽롱하다

대문 위 그 능소화
꽃 지고 잎만 무성한데
석류꽃 붉게 피어 옛사람을 반긴다

담 안 늙은 감나무
기다림으로 붉게 익은 탐스러운 감
휘어진 한 가지는
옛 주인 그리며 창문을 기웃거리고

작은 발걸음 소리에도
문 열고 반길 것 같은
그리운 이는 지금 어디 계시나?

안동시편1
—성곡城谷의 가을

새벽 물소리에 이끌려 강가로 간다
아침 해는 벌써 까치구멍집[*] 용마루 위로 올라가고
마른 갈댓잎에서 이슬들이 떨고 있네
세월은 이슬처럼 절로 엉켜 흐르는지
월영대月影臺 아래로 책보자기 메고 오가던 소년은
불러주는 이 없어도 고향을 다시 찾고야 말았군

밤을 지새운 아침 달은 정자 위에 떠 있고
머리 자르고 신 삼아 망자에게 쓴 편지를
유복자를 업은 채 읽고 있는 원이 엄마^{**}는
또 하나의 지친 아침 달이더군

곧 상강霜降을 지나면 풀벌레 소리 그칠 테고
강기슭에도 서릿발이 날카로운 이빨을 드러내겠지
겨울은 아무 치장도 없이 다가와서
강 가장자리부터 살얼음을 깔기 시작하며
또 한 해를 마무리하라고 윽박지르겠지

단애斷崖 아래 서성이는 나그네야

네 얼굴도 이미 구겨진 닥종이 같구나

빌려서 살아온 생生이 고맙거든

낮게 흐르는 저 여울처럼 조용히 말해 보거라

천년 세월에 속이 다 말라 버린 석빙고도

할 말이 여태 더 남아 있는지

입을 크게 벌리고 있지 않으냐?

이곳에서 천하를 두고 일전一戰을 벌였지만

천년 세월이 흐른 지금

왕건王建의 승리는 흔적도 없고

견훤甄萱의 패배조차 슬프지 않네

이름 없이 간 영혼들을 위해

간고등어가 오른 조촐한 저녁 헛제삿밥*** 앞에서

고개라도 한번 숙여 보자꾸나

* 안동지방에 특이한 초가집의 한 형태.
** 무덤 이장 과정에서 유복자를 잉태한 부인이 남편을 사별하

며 쓴 애절한 편지가 조선 중기 무덤 이장 과정에서 남편의 관 속에게서 발견되었음.

*** 안동지방 전통 비빔밥. 일꾼들이 저녁에 허투루 제사 지내고 차려 먹었음.

안동시편 2
—겨울 안동호반에서

호숫물이 잠시 자리를 비운 사이
마른풀 하나 없는 호수 안으로
싫다는 말도 못 하고 물에 잠겨 버렸던
추억들의 울음소리를 들으며
성큼성큼 걸어 든다

길은 옛사람 기억처럼 아득해지는데
추억 하나에 마음속 호롱불 하나씩 켜며
동구 앞 느티나무 그루터기 흔적까지 왔다
무성한 느티나무 숲에서 울던
부엉이 올빼미들은 모두 어딜 가고
물새들만 깜짝 놀라 떼 지어 날아간다

허연 눈을 머리에 이고
호수로 변한 들판을 굽어보며
가뭄 때 비를 빌었던 옥녀봉玉女峰은
끼룩끼룩 날아가는 기러기 소리보다 더 높다

정산鼎山장터로 국밥이나 한 그릇 먹으러 가다가
우탁禹倬 선생 사당에서
흰 두루마기에 갓 쓴 분들 내려온다
이 땅의 주인들이지만 이젠 낯설어진 사람들
동창이 밝으면 노고지리 우지지는 밭 갈고
얼음 섞인 무와 수수 알갱이가 둥둥 뜨는
안동수수식혜 한 그릇처럼
청빈한 선비로 살아왔겠지

피곤하여 추억 호롱불을 켜 놓은 채 잠들어
멧돼지나 겨우 다니는 벼리 길 걸어
코를 닮은 수십 길 고바우벼랑을 지나
콩 낟가리 같은 남방식 고인돌들이 무더기까지 왔다
다랑논이 촘촘히 쌓인 논골재 넘어
강줄기가 끊어질 듯 드넓은 궁구리 앞 백사장 지나
구미龜尾마을 절벽에서 큰 부엉이 부른다

부엉이야 반겨다오, 그리운 내가 왔다
나룻배 나드는 배나들舟津里 포구 거쳐
도산서원에서 아름다운 소나무길佳松里 따라 청량산까지
퇴계退溪 예던 길로 다시 가 보자꾸나.

안동시편 3
—예안의 봄

남풍이 봄을 슬쩍 내려놓아
도산서원 토담 아래엔 눈이 녹기 시작하면
사립문이라도 활짝 열어 놓고 싶다
새봄을 맞으려면 그래야겠지

이제 밤은 낮에게 두엄더미에서도
한 삼태기만큼 볕 양지를 더 내어 주어야 하고
도토라지들은 피라미 떼처럼 은빛 새싹을 내밀겠지

산골 아침 안개
얼음 녹아 흐르는 개울물
줄기차게 떨어지는 초가집 낙수
미나리 논에서 떠들어대는 개구리들

아침 햇살이 솟을대문 기와를 말릴 때
살구나무 가지는 물방울처럼 꽃망울이 맺는다
겨울을 강철로 된 무지개라 했던 분이 계신
육사문학관陸史文學館 옆 청포도 가지들도

젖꼭지 같은 하얀 새 움들을
은쟁반 위 모시 수건처럼 틔우고 있다

봄빛이 자상하게도 바위틈까지 찾아가
자고 있을 두꺼비들에게
담 밑으로 놀러 오라 속삭일 때
오소리들도 굴에서 나와
개울가에서 버들강아지를 핥고 있다
덩달아 쉴 새 없이 떠들어대는 개똥지빠귀들
진흙 마당에 뜻 모를 글자를
부지런히 발로 쓰고 있는 닭들

한낮에 금방 왔다 가시는 손님이 아쉬워
동구 밖까지 바래다주고 오는 길에
저보다 몇 배 큰 바위를 안고 살아가는,
흙벽 같은 느티나무 가지도 돋는 새잎들을 보고
무겁던 마음을 가벼이 먹어 본다

백마 타고 오는 그분*이 다시 오지 않는다면

부지런한 봄이 다 무슨 소용이 있을까

* 이육사의 시 「광야」에서.

안동시편 4
—와룡산臥龍山의 늦봄

져버린 복사꽃이 아쉬워

와룡산엔 종일 흰 구름 일어난다

추녀 끝 편종은 바람에 제 몸을 울리지만

못난 사내는 봄을 탓하면서

골짜기마다 울어대는 뻐꾸기처럼 울지 못한다

봄이 한참 깊어서야 찾아와

이른 봄부터 애써 가꾼 남의 둥지에

탁란托卵하고도 뻔뻔하게

아니, 아무것도 아니라며 청아하게 산을 울리는

뻐꾸기의 만용蠻勇은 어디서 왔을까

어제는 어머니처럼 구선대九仙臺로 소풍 갔고

오늘은 외할머니처럼 유화사有花寺에 왔지만

아들 소원했던 외할머니의 간절한 기도처럼

내가 뭘 배우고 뭘 깨닫고자 하는지

더 이상 말할 필요는 없으리

선비가 되고 싶기도 하고, 깨달은 이가 되고 싶었던 사
내는

101

뜬금없는 생각들에 헛기침도 아끼며
희기만 한 찔레꽃에 적멸위락寂滅爲樂하냐고 묻는다

산이 깊은 마을山野里이라 어둠이 일찍 내리면
춘궁기 와룡산 빨치산 무리들은
발걸음보다 쿨룩거리는 기침이 먼저 와서
얼굴을 창호지로 발라 가리고 식량 구해 갔다더군

와룡산 기슭 어딘가에 누워 있다는 용은
안동호에 깊이 잠들어 버린 게 아닐까,
몸을 빼돌려 댐 아래 모래밭에 숨었을까,
저기 진모래長沙里에 기나긴 금모래밭이 있다고 하니
혹시 떨어진 용의 금비늘 하나라도 볼 수 있을지 몰라
그곳으로 발걸음이 절로 옮겨진다

그때, 호호~호로록, 호~호로록
얼음 알보다 더 맑은 청딱따구리 소리에
운 좋게도

그리던 천 년 묵은 용

법흥사 칠층전탑[*]을 마주하였다

* 안동시 법흥동 소재 국보 제16호, 국내 가장 오래되고 큰 전탑.

안동시편 5
—법흥동 칠층전탑塼塔에서

모래톱에 걸려 있는 빈 배로 가다가
임청각臨淸閣* 뜰에서 용龍을 보았다
이 땅에 맨 먼저 가장 높이 세워진 뒤
지붕엔 기와만 몇 개 남았지만
전탑 벽돌들은 천년을 온전히 견뎌냈으니
용이 아니라면 어림없었을 터

뜰에 용을 품은 영남산嶺南山 기슭 임청각
이 집주인 호가 허주虛舟였다는군
빈 배처럼 떠다니는 것이 인생이고
만물의 진짜 주인은 강물처럼 흐르는 세월이란 뜻을
후손들이 받들었으니, 아흔아홉 간 집 팔아
신흥무관학교 세워 왜적倭敵을 떨게 했겠지

임청각이 밉던지, 전탑이 밉던지
왜적들이 전탑 바로 옆으로 철길까지 내어
전탑 뿌리까지 흔들어댔지만
뚝심으로 천년을 버텨 냈으니

104

용이 아니라면 턱도 없다는 걸
세월까지 무애无涯로 넘나들던
원효元曉라면 분명 알았을 터

이제, 남해바다 김해에서 법흥포구까지
7백 리 길로 소금 날랐던 배들은 간곳없고
닻을 맸던 옛 나무 기둥 흔적들만
강물 속에 박혀 천년 세월 붙잡고 있다

별안간, 하하 헛허허허, 하하 헛허허허
건너 숲에서 검은등뻐꾸기 소리 들려온다
이제 좋은 일 하나 곧 일어난다는 것을
전탑은 분명 알고 있을 테지, 그렇고말고
좋은 일 하나쯤 뻐꾸기알처럼 슬쩍 묻어 두었겠지
좋은 일들은 가장 나중에 오는 것
분명 하나쯤 전탑 추녀 끝에 용꿈 남겨두었으리

* 안동시 신세동에 있는 상해임시정부 초대 국무령 석주 이상룡 선생의 생가로 보물 182호. 뜰에 국보 제16호 법흥동 전탑이 있다. 허주 이종악李宗岳선생은 석주선생의 6대 조로 임청각 옛 그림을 남겼으며 임청각 복원의 기초자료가 되고 있다.

안동시편 6
—하회河回탈의 여름

칠석인지라 머리 벗겨진 까치가 까칠하다
세월은 까치 깃털 하나 그냥 두지 않는군
조 이삭이 낯자루만 해지는 걸 보면
처서가 벌써 눈앞에 와 있겠지
새벽엔 서늘하여 안동포삼베 홑이불로 부족했다

푸른 가을 하늘 한 귀퉁이가 떨어져 나와
멍석만 한 뙈기밭에 푸른 도라지꽃으로 폈다
천등산天燈山이 품은 봉정사 극락전極樂殿*,
단청은 무척 낡아 하늘 경계 허물고
하늘보다 높은 반야般若가 없었다면
달마는 동쪽으로 오지 않았을 터
천년을 견딘 넉넉한 맞배지붕 흐름 아래
뒤틀린 두리기둥 나무 힘줄 아직도 늠름하다

시장市場에 나갔다가 버버리찰떡을 만나
말도 하지 않고 몇 번 씹자마자 꿀꺽한다
미나리 파는 꼬부랑 할매의 흰 머릿수건 사이로

서낭대에 새 옷 걸고 다시 한번 살고 싶은
할매탈**의 애달픈 이마 주름들 보인다

양반, 선비, 초라니, 영감, 백정, 중, 주지 탈들
하회 병산탈들을 둘러보다 말을 잃는다
살면서 저런 탈들을 몇 번이나 쓰고 버렸기에
부끄럽게 살았다는 말조차 못 하겠다
말 안 하여 생긴 병은 없지만
부끄럽게 살아 생긴 병은 아프다고도 못 한다

껍질만 사람인 체 턱도 없이 살아온 삶에
턱이 없는 이매탈***이라도 한 번 쓰고
부족한 내 턱이라도 보태 주고 싶다
물이 거꾸로 제자리로 돌아오는 하회河回에서
강물에 거꾸로 선 내가 본래 내 모습 아닐까

* 국보 제15호, 고려 중기인 12~13세기에 세워진 우리나라에서 가장 오래된 목조건물.

** 국보 제121호 하회 병산탈 중의 하나로 평생 고달프게 일하며 베를 짜며 살았지만, 행운이 온다는 서낭대에 새 옷 한 번 걸고 살지 못한 고달픈 삶을 살았음.

*** 하회탈 중에서 턱이 없는 탈로 탈을 쓰는 자의 실제 턱으로 탈이 완성된다.

안동시편 7
—가을 시제時祭

다시 가을이다
가슴을 다 덮은 우리 할아버지 수염처럼
길섶도 솔가지들도 무서리에 온통 하얀 이른 아침
발자국을 남기며 긴 한복 행렬이 묘소에 이른다

높이 괸 시루떡 위에 경단, 조약들이
기와집 추녀처럼 날아갈 듯하고
달콤한 조청 냄새와 고소한 배추전 냄새에
망주望柱에 기댄 아이 입안엔 군침 가득하다

유세차 감소고우敢昭告于
구태여 조상님께 아뢰나이다
기서유역氣序流易, 상로기강霜露旣降
계절이 바뀌어 찬 서리가 이미 내렸나이다

말끔히 다듬어진 산소 앞
벌초로 구수한 풀 익은 냄새가

흰 두루마기 소맷바람으로 흩날린다
붉은 대추, 연노란 밤, 누런 배, 빨간 홍시
익은 과일들이 아이의 눈을 잡아당기고
아이는 할아버지의 도포 자락에 파묻혀
군침 나는 과일들 대신에
은회색 도포 끝매듭 만지작거린다

추원감시追遠感時 불승감모不勝感慕
조상님을 생각할 때 그 은혜가 커서
사모하는 마음을 이길 수 없습니다
근이 청작서수謹以 淸酌庶羞
이에 삼가 정성을 다하여 맑은술과 음식을 장만하여
지천세사祗薦歲事
공경하는 마음으로 삼가 시절 제사를 올리나이다

상향尙饗! 하기가 무섭게
아이는 벌써

할아버지를 졸라 홍시 하나를 손에 넣을 때
산소 앞 구부정한 도래솔은
해마다 보는 일이지만 늘 새롭게 바라본다

안동시편 8
—이육사李陸史 시비詩碑에서

버들가지는 강바람을 부드럽게 놓아 주는데
서녘 하늘은 발갛게 익은 해를 삼키고 있다
까마득한 날에 하늘이 처음 열린 날
그날 저녁도 이랬을까

그 옛날 창녕국昌寧國의 성터인 이곳에 오면
칠월 청포도처럼 주저리주저리 열린
수많은 전설의 소리가 들려온다

법흥사 7층 전탑이 천 년 동안 땅 밟고 있는 소리
왕건王建 군사들의 환호 소리
견훤 군사들의 한숨 소리
김해에서 칠백 리를 거슬러 올라온 소금 배에선
노 젓는 사공들의 고달픈 소리

청산리전투 승리하던 날
솔개보다 더욱 높이 날던 승전가를
상해임시정부 초대 국무령 이상용 선생이

전답 팔고 솔권率眷하여 만주로 독립운동 떠난 후
주인 잃은 아흔아홉 간 임청각의 군자정은
어찌 미리 알았는지 홀로 부르르 떨었다는군

무수한 6.25 탄흔을 간직한 성남골 철교 아래로
백로들은 아무 일 없었다는 듯 흰 나래를 편다

육사 시비 기단 위 오석烏石에 새겨 놓은
백마 타고 오는 초인超人은
이곳에 오셨다 분명 이미 가셨다
해방을 목전에 두고 감옥에서 숨지면서도
「광야」를 품고 계시던 분이 바로 초인인 것을

남녘 저 멀리 문필봉에 김생굴이 있다지
신라 명필 김생의 글씨가
뾰족한 저 봉우리에서 나왔다는군

114

꼭 할 말이 있어 글을 쓴다는 나는
이런 사연들을 알면서도
아직 글다운 글 한 편 못 쓰고 있다

5부
서 있는 나무

의사와 나무

한 그루의 나무로
고통 곁에 서 있는 일이다

더러는 손을 잡기도 하고
더러는 기댈 등을 빌려주기도 하면서
그저 한 그루의 나무로
곁에 서 있는 일이다

밤새 괴롭히는 고열과
잠 못 들게 하는 기침과
곪아 터진 상처와
원인도 모르는 아픔들을 향해
최선을 다해 보지만
내 부족함을 다 메울 수 없기에
패배는 늘 내 곁에 머물러 있다

고통을 완전히 씻어내진 못해도,
웃음꽃이 활짝 피게 해주진 못해도,
한 그루 나무로 곁에 서서
늘어뜨린 깨끗한 잎으로
눈물을 닦게 해 주는 일이다

때로는 부족하여
그냥 얘기만 들어줄 수 있지만
하얀 가운을 잎으로 늘어뜨린 나무로
지켜 서서 물러나지 않는 일이다

아가의 꿈, 똥

이제 조각배 타고 망망대해茫茫大海를 건너가 아무도 볼
수 없는 나만의 세상을 새로 만들어 보자. 맘대로 대소
변 누듯 내가 사랑하고 싶은 사람들도 맘대로 사랑해
보자

꿈꾸려 잠들자
잠자려 꿈꾸자
허공에서 엄마 젖을 빨자
볼 수 없는 것들을 찾아보려
쉼 없이 눈을 돌리자

소중한 내 최초의 생산물,
엄마 젖의 또 다른 모습들을
거침없이 생산해 보자
한없이 낯선 내 세상에서
사랑하고 싶은 사람들을
맘대로 사랑하자

하고 싶은 일들을 맘대로 하는
나만의 세상에서
꼭 왕王이 되어
늘 미소 지으며 살아 보자

배냇병

깊이 들어가 있어야 할 배꼽이
꽈리처럼 부풀어
유리병 속처럼 실핏줄 가는 곳이 보이고
숨 쉴 때마다 들락날락한다

할머니는 의사 입만 쳐다보고
코밑 복숭아털에 이슬이 맺힌 엄마는
귀만 쫑긋하고 있다

의사가 배냇병이니
돌 지나면 절로 좋아진다는 말에
어린 엄마 눈엔
뜸 들일 때 맺는 밥솥 물방울처럼
뜨거운 눈물이 고인다

후유! 이제 되었다. 어미야!
그럼 그렇지!
우리 남 눈물 흘리게 한 적 없는데

사탕

몰래 살금살금
진료 책상 위 사탕을 슬쩍하려다
그만 사탕 바구니를 엎질러 버리곤
아주 바닥에 앉아서 운다
흘리려 해도 눈물이 나지 않으니
콧물까지 지질 흘린다

두 살 많은 누나는
"내 것 두 개 모두 너 줄게."

엄마는 손으로 동생 입을 가리며
"집에 사탕 많이 있는데, 왜 그리 탐내니"

얘기 보는 의사 선생님은 한 움큼 주며
"원래 애들 주려고 사 놓은 것인데요."
"울고 싶은 만큼 울게 두세요."
"우는 것도 사탕만큼 맛있을 나인데요."

고추 이야기

고추 아파 죽겠어요
그럼,
침대에 누워서 고추 좀 보여줄래?
싫어요!
그럼 간호사 누나 나가라 할게

(침대 위에서 팬티를 벗긴다)

고추가 땡땡하게 커져
빨갛게 잔뜩 화내고 있으니 아픈 거야,
잘 씻어줘야 하는데
안 씻어주어서 그런 거야!

(고추를 소독하고 연고를 발라준다)

목욕할 때 물로 깨끗하게 씻어주고
더 이상 만지지 말아야 하는 거야
그래야 이렇게 화내지 않는 거야!

그런데 할아버지 선생님,
아빠 고추는
가만 놔둬도 화낸 것처럼 커져 있던데요?

누구나 까닭 없이 화날 때도 있단다

무릎

뼈 세 개가 서로 붙어 있지만
떨어져 있어야 아픔이 없다네

묶어서 관절이라 말하지만
풀어져서 제 길로 가야만 한다네

홀로 있을 수 있어야
비로소 함께 모일 수 있다네
따로따로 걸어야
함께 발맞출 수 있다네

부딪치지 않으려 물렁뼈로 감싸며
서로 부담이 되지 않으려 애쓸 때
비로소 자유로이 움직일 수 있다네

묶여 있을수록 떨어져야 한다고
오금이 늘 행동으로 보여 준다네

왕진

진료 책상 위에
코로나 전화처방 차트가
밤비에 떨어진 벚꽃 잎처럼 힘없이 쌓이는 날 아침
"그 할머님께, 이제 더 이상 왕진 올 필요 없다고 전화
왔어요!"

호치킨스림포마*는
폐로, 간으로, 비장으로 갔다가 목 부분의 피부를 뚫고
벚나무껍질처럼 덕지덕지 무서운 꽃을 피웠지만
아직 뇌와 혀까지 미치지는 못했는지
덕지덕지 핀 검버섯을 뚫고 고운 목소리가 나온다
"어느 봄날 유달산이랑 봄 바다 구경하러,
할머니랑 방 하나 얻어 놓고 이틀 밤을 지냈지요."
"이 허연 영양제가 뭔지,
이걸 맞고 봄 미역국을 한 종지나 먹었지라우."

"유달산 놀러 가실 때 총각들 하고 같이 가지 그랬
어요?"

"선상님도 참, 그땐 그런 것 몰랐어요. 아이고, 허리 아
파라!"

말라버린 엉덩이에 욕창을 피해 진통제 한 대 맞히고선
숨어 버린 영양제 맞힐 혈관 좀 나오게 해달라고 기도한다
'이번에 도와주시면, 내일 착한 일 하나 하겠습니다.'

"아프지 않게 살살 맞혀주세요!"하시면, 언제나
"주삿바늘 생각 말고 유달산만 생각하세요!"라 답한다

주삿바늘이 무사히 정맥에 들어갔다고
검은 피들이 링거 줄로 역류되면
재빨리 고무줄을 풀고 반창고로 고정한다

"바늘이 아프지만 주사 맞으면 잠은 잘 잔다오."
"선생님, 고마워요!"
"웬걸요, 내일 뵐 때까지 잘 계세요!"

사위어가던 생명이

봄비 맞은 꽃잎처럼 어젯밤 떨어지셨다니

왕진 다녀오며 찍은 사진 속

떨어진 꽃잎들도 고인 물에 젖어 있다

* 림프종의 일종인 암.

걱정하지 마세요

선생님,
죽을 때까지 혈압약을 먹어야겠지요?

걱정하지 마세요,
사시는 동안만 드시면 됩니다.

그럼 죽고 사는 게 같네요.

그러니 걱정 말고 사세요.

이명耳鳴

벌레가 바스락 거린다
매미가 울다가
폭포수가 떨어지더니
갑자기,
끊어질 듯 이어지는
극초단파 모스 부호로
누군가 날 부르고 있다

밤낮으로 날 불러대지만
고요한 밤, 소리를 따라
오늘 밤은 잠 못 이루라고
더 세차게 불러댄다

어릴 적 할머니는
어딘가에서 '동무 죽는 소리'라 했지만
친구들 부고 소식은 카톡에 아직 없다

세상이 날 부르는 소리
내가 세상을 부르는 소리
살아도 죽어도 들릴 것 같은
나만이 들을 수 있는 소리

누군가가 날 위해 울고 있다는데
나는 누굴 위해 울어야 할까

X선 사진

그림자라고 모두 그림자가 아니다
무슨 수를 써서라도
그 그림자를 꼭 찾아내야만 한다

언제나 흑백논리라
타협할 수도 없는 이 세계는
늘 역설의 세상이다

세상을 온통 뒤집어 놓았다
가벼움조차 주체할 수 없는 공기는
무거운 바위처럼 늘 검다
무겁게 늘 침묵하는 뼈는
가벼이 떠가는 구름처럼 늘 희다

눈을 크게 뜨자
희거나 검은 그림자 세상 속에서
제집처럼 웅크린
회색분자들의 실루엣을 찾아내야만 한다

검은 뼈나 흰 공기로 둔갑한 침입자,
생의 파괴를 일삼는 공포의 회색분자를 찾아
고배율 돋보기까지 들이대야만 하는
그림자의 세계는
오늘도 말이 없기에 더 살벌하다

코로나의 신탁神託

진정 당신은 뜻은 무엇입니까?
오 아폴론이여, 아스클레피오스여, 내게
코로나를 막는 힘을 주시거나,
코로나 유행을 다음 세대에나 유행하게 해 주소서

출근도 하기 전에
문 앞에 늘어선 사람들을 비집고 들어가
냉장고에서 아스트라제니까, 화이자, 모더나 들을 꺼내
종류에 따라 용량을
섞을 것은 섞고
그대로 배분할 것은 배분하여
각각 다른 그릇에 담아 놓자마자
진료 책상 위 두툼한 기록지를 따라
걷어붙인 왼쪽 팔들이 들어온다

가슴에 아스트라라 붙였으면 아스트라
가슴에 화이자라 붙였으면 화이자

가슴에 모더나이면 모더나를 재빠르게 찌르고
들어가 부디 싸울 준비를 잘하라고
작은 부적까지 붙인다

아홉 시 예약인데 왜 열 시에나 맞혀줘요?
아픈 사람들은 놔두고, 왜 예방주사 먼저 맞혀줘요?
나보나 늦게 온 사람 왜 먼저 맞혀줘요?
한나절이 다 가버릴 때까지
오가는 말들이 어느 것을 맞출지 헷갈리게 한다
오후에 오기로 하고선 오전에 모두 와버렸다

당신의 뜻인지는 모르겠으나, 인터넷은
중환자 수용 병실이 모자라고
온다던 백신은 다른 곳으로 갔다고 합니다

당신은 뜻은 진정 무엇입니까
아직 준비가 안 되었습니다

코로나를 막는 힘을 주시거나,

빌어먹을 코로나 유행을 다음 세대에나 유행하게 해
주소서

히포크라테스 선서와 청진기

이제 의업에 종사할 허락을 받음에
소리를 듣자
가슴 울리는 떨림판으로 들려주는 소리를 듣자

'생명을 수태된 때로부터
지상至上의 것으로 존중하겠노라.'
뱃속 깊숙한 곳
태아는 양수羊水 바다의 한 섬
심장은 아주 먼 곳에서 온 별처럼 속삭인다

배내털 보송한 가슴속
이슬처럼 내리는 숨소리를 듣자

환자의 건강과 생명을 첫째로 생각하겠노라

심장 물구멍이 덜커덩하는 소리
늑골이 쑥쑥 들어가며 쌕쌕거리는 소리
퉁퉁 부은 위장이 침묵하는 소리
대장이 뒤틀리는 폭포 소리가 들린다.

죽음이 삶을 껴안으려 할 때
뼛속까지 퍼지는 삶의 의지를 도와
'인류 봉사에 생애를 바치라는 가르침'으로
간절한 몸의 외침들을 들어보자

히포크라테스 선생님은
청진기도 없이 어이 진찰했을까?

6부

아버지의 중절모

소꿉장난

수숫대 말라 버린 울 밑에
봄볕이 솜이불처럼 쌓이는 날

수수깡은 안경 되고
솔가지는 지게 되고
대나무는 담뱃대 되느라
베인 손가락에 빨간 피 흐르자
놀라서 고운 모래를 얹는다

고샅 개울에서 사금파리 주어
보드라운 흙 조금 얹어
밥도 되고 떡도 되고
돌나물 싹 뜯어놓고
국도 되고 짠지도 되고
수숫대로 수저 만들어
한 상 가득 차려 놓고

누나는 날 불러 놓고
다리 뻗고 퍽 무질러 앉아
천천히 배불리 먹으란다

할머니 산소에서

초가을 하늘에 걸려
목이 길어진 노란 마타리꽃을 낫으로 벤 후
산소 잔디밭 낫질을 멈추게 하는
타래처럼 꼬이고 꼬인 보랏빛 타래난초

등허리 굽었어도 꼿꼿한 타래난초 모습은
이월 초하루 차가운 이른 새벽 목욕재계하시고
정화수 앞에 꼿꼿하시던 내 할머니 모습이다

생전生前 식구들을 위해 때 되면 비시던 소원들,
기묘생, 임신생, 병술생, 을미생, 무탈하고, 일 잘되고,
착하고, 공부 잘하기를 성주님께 빌고, 삼신 할머님께
빌고, 길쌈하기, 목화 따기, 백호등 밭에서 녹두 따기,
할아버지 도포 마름질, 다듬이질, 큰 시루에 시루떡 찌
기, 여름날 건진국수 만들기, 청포묵 쑤기, 수수떡 만
들기…

일생의 소원들을 타래처럼 엮고 엮어
도토리 같은 손마디로 빌고 또 빌어도
여태까지 108개를 다 채우지 못해 올해도 피셨나이까

이제 그만큼 비셨으니
보랏빛 큰 꽃잎 아래
남몰래 숨은 새하얀 작은 꽃잎처럼
편안히 웃으시던 생시 때 모습으로
이제는 홀가분하게 저승에서 편히 쉬시옵소서

아궁이 앞 할아버지

불이
훨훨 타는데
무쇠 쇠죽솥 아궁이에서 타는데

으흠
가슴을 덮는 흰 수염을 날리는
그곳은
쇠죽통 앞
사랑방 가마솥 아궁이

시뻘건 불에
옛일들을 던져 넣으면
불이 더 잘 타는데

태울수록 추억은 다시 살아오는데
시뻘건 불 속에서
연지곤지 찍은 열여섯 새색시 기억도
열두 살 어린 신랑 기억도

사모관대 쓰고 다시 살아 나오는데

불 속에
온갖 시름들 다 던져 넣어도
아궁이는 더 달라고 입을 크게 벌리는데

* 내 조부님은 12살 때, 조모님은 16살 때 혼인하셨다.

어머니

영양제주사 맞혀드리며
흘깃 본 구순 어머님 얼굴에
검버섯 꽃들이 활짝 폈다

백자白磁처럼 곱던 피부에
연한 검버섯들이 크게 펴 있고
조금 더 진한 것들이 그 안에 자리를 잡고
녹두만 한 새카만 점으로 마무리까지 했다
검버섯도 알뜰한 주인을 닮았다

혈관이 굳어져 주삿바늘을 피한다
허리가 굳어져 바로 눕기 힘들고
무릎이 굳어져 다 펴지 못하시면서도
"얘야, 지난번에 맞았더니 힘이 나더라!" 하시니
아직 혀는 안 굳으셔서 다행이다

얼굴 홍조 띠던 시절
부엌에서 봉당으로 불이 나게 다니시다가
어느 날 올린 머리로 고대하시고
학부모 모임에 오신 시골 초등학교 시절
쪽머리에 비녀 기른 동무들 어머니들 사이에
눈부시게 아름다우신 어머니가 부끄러워
난 인사만 드리고 도망을 쳤다

구순을 넘기신 지금까지
자식들 걱정에 고달프신
당신의 삶은 내가 익히 잘 알고 있지만
온전한 백자 달항아리처럼
삶을 마무리하실 힘 얻어 백수하시게
마음 영양제도 듬뿍 드리고 싶은
천하 불효자

아버지 중절모

아버지의 중절모를 보면 화가 난다
돌아가신 지 다섯 해가 되어도 아직도
새것인 채 서재 벽에 걸려 있다

욕심내 거의 혼자서 족보 책 만드시느라
아픈 허리를 제대로 가누지 못해
일어나실 때 조심조심
겨릅에 닭 지나가듯이 하시기에
족보 일은 여럿이 같이 하시고, 자서전으로
후손들에게 하실 말씀이나 남기시라 해도
그건 그다음 차례라 하셨다

조상 발치에 묻어 달라고
선영先塋 아래에 애써 가묘까지 만들어 놓으시고도
당신 뜻과 달리 천리 밖 공원묘지에 계신 지금
꿈에 그린 고향으로 가고 싶지 않으신지요?

우뚝하시던 콧날이며

뇌 수술한 자리에 난 이마 흉터이며

유난히 크고 두툼한 엄지손톱이며

어린 내게 천자문을 써주시던 명필이었던 그 손은

관 속에서 여태 무사하신지요

자식들 걱정 그만하시고

당신 건강이나 살피시며

술 담배 그만하시라는 제 말 들으셨으면

중절모에 땀 냄새라도 짙게 배게 하고 가셨을 것을

아버지 머리 냄새가 날동 말동한

아버지 중절모에 코 대보면

치매에 걸리신 것을 늙은이 고집으로 오해하여

아버지를 이해하지 못해

바득바득 대든 나 자신에게 더 화가 난다

다시는 밖으로 나오시기 싫으셨는지
관 위에 회恢로 단단히 덮어 달라 하셨지만
돌보다 더 단단하다는 회를 깨트리고
중절모를 다시 씌어드리고 싶은 불효자

막내고모님 영전에

벗겨진 흰머리가 흐느낀다
가버린 꼬부랑 할머니가 그리워서
조화弔花 사이로 보이는 하늘이
유난히 검은 오늘, 밤이 늦어서야 찾아왔다

어릴 적 할머님 말씀에
갓난아기인 내가 울면
가슴에 안았다가, 등에 업었다가,
기저귀를 자꾸만 적시면
서로 기저귀를 빨겠다고
고모님 두 분이 다투셨다는 기억에
나는 울음을 그쳤다가 또 흐느껴 운다

고모님은 날 데리고
친구네로 삼 삼으러 갔다가,
들판으로 달래 냉이 캐러 갔다가,
앞산에 진달래 꺾으러 갔다가

개구리 우는 미나리 논에 들어갈 적에
허옇게 자란 미나리처럼 길던 종아리며,
어린 시절 길게 땋았던 고모님 댕기머리며,
감동 치마 흰 저고리 시렁에 두었다가
친정 오면 갈아입던 고리짝이며,
친정 올 때 풍기던 향긋한 분내음이
내 눈물 속에 녹아 흐른다

이렇게 가버리시면 난 어떻게 하나
한마디 말도 없이 가버리시면 어떻게 하나
이 꼬부랑 할마씨야, 할마씨야!
고향 아마리에 기와집 새로 지으면
손잡고 하룻밤 꼭 같이 자보자고
약속하며 웃으시던 바보 같은 이 할마씨야!

서울에서 칠 백리를 달려오느라
어둠은 까맣게 내리고
내 벗겨진 흰머리는 흐느끼고

가을 하늘처럼 고운 이를 따라
내 어린 시절도 이제 영영 가버렸네

외숙外叔 홍순우洪淳友 先生님 산수傘壽에

늘 인자仁慈한 미소를 담고, 말씀이 없으시다가
꼭 해야 할 때는 누구보다 분명하게 말씀하시는 분이
계십니다

중용中庸에 君子는 남이 없을 때도 늘 바르며 이를 신독
慎獨이라 했습니다.
이런 분이 실제로 계십니다

대학大學에 君子는 德을 밝혀 주변 사람들과 친하게 지
낸다 했습니다
이런 분이 실제로 계십니다

논어論語에도 기소불욕물시어인己所不欲勿施於人이라
늘 내가 원하지 않는 일을 남에게 시키지 말라고 했습니다
이런 분이 실제로 계십니다

맹자孟子에 옳은 걸 옳다고, 그른 걸 그르다 할 수 있는
큰 용기인

호연지기浩然之氣를 기르라 했습니다
늘 그러시는 분이 실제로 계십니다

安東 땅 臥龍面 池內里 장수골
세 그루 느티나무 고목 아래 삼괴정三槐亭을 지나 먹골
로 가보십시오
그분을 만나실 수 있습니다

德이 쌓인 家門에 반드시 복이 온다고 했습니다
그분의 자손들이 반드시 번성繁盛할 것입니다

선암仙巖골

서로에게 기댄 높은 신선바위들은
동구 앞에 아직 높이 서 있지만

어린 날에 숙던 내 앞머리처럼
무성하게 큰 느티나무들은 흔적 없고
바위틈에 남은 몇 그루는
주름진 이마 위 내 머리카락처럼 성그네

대여섯 살 작은 발로
동무들과 조심조심 기어오르며
무척 크다 여겼던 바위 위로
이제는 한걸음에 올라설 수 있네

멀리 봉우재에 올랐다는 봉홧불처럼
아직도 봄이면 벼룻골에 진달래 타오르지만
가을이면 넘실대던 나락 물결 대신
호수로 변한 들판엔 물결만 이네

수염 긴 할아버님의 장죽長竹보다
길마에 짐 싣고 가던 소고삐보다
사래 긴 백 고랑 뙈기밭 이랑보다
세월이 더 길게 지나 버렸네

장에 다녀오시던 증조부님 따라오던
노랑 저고리 붉은 치마 도깨비 색시가
선암 앞에서야 겨우 멈추었다는 얘기도,
머슴 살다 서울에서 돈 번 보연 씨가
동네잔치에서 만취하여
사발 돌리다 넘어졌던 일들도 ……
절로 모두 잊히겠지만

닳아서 절룩거리는 늙은 무릎들이
곡식 팔아 자식 등록금 댄 일들은
선암에 새겨 놓고 싶네

※ 저자의 고향은 안동댐으로 들판이 수몰되고 동구 앞 선암만
남았다.

여수바우[*]

오른쪽으로
백호 등찰을 돌고 더 돌아
개울 건너 들판 따라
신작로로 질마재 가기 전
또 오른쪽 산기슭에

집채만 한
바위들 겹겹이 쌓인 틈엔
끝 모를 깊은 굴

밤마다
색동저고리 당홍唐紅 치마에
핏빛 입술 치장하고
바위 꼭대기로 오르며
공중제비 도는
휘파람 소리

휘이익 뚝딱
한길 가에 금방 초가삼간 짓고
또닥또닥
진수성찬 칼 도마소리

배고프고 지친 먼 길손들
쉬어가라 홀리는
꺼질 듯 말 듯
호롱불

모퉁이 돌아 절골山寺로 향하던
절름발이 스님이 던져 준
반야심경般若心經 읽다가
스스로 뉘우치고
그 깊은 굴속으로 들어간 후
득도하여 세상에 안 나왔듯이

나도 여수바우 옆에 집 지으면

득도할 꿈 꿀 수 있으려나

* 경북 안동 예안 아마리에 있는 큰 바위들이 포개진 곳.

추천사

박찬일(시인·비평가)

세계는 '모든 영역의 영역'이다. 하이데거 용어다. 세계는 영역이다. 그러나 영역은 '숲속의 빈터'일 뿐이다. 혹은 숲속의 빈터Kahlschlag에서 바라보는 영역들, '제한된 모든' 영역일 뿐이다. 이른바 전체로서의 세계는 우리에게 잡히지 않는다. 전체로서의 세계가 있다고 믿는 자는 종교적 입각점이거나에, 자연과학(자연주의, 과학주의, 물리주의)적 입각점이거나에 있다; 절대적 존재(혹은 신神, 혹은 신적 카메라)의 입각점에서 보는 세계는 그러나 전체 세계가 아니다. 세계를 바라보는 신'(혹은 신적 카메라)의 입각점, 그 점 하나가 제외되어 있기 때문이다. [세계를 조망하는 '그 어느 것도 아닌 곳에서의 관점'view from nowhere, der Blick von nirgends은 상상으로나마 가능하다. 세계 밖의 한 곳에서 세계를 보는 관점을 가질 수 있는 것으로서 神, 혹은 신적 카메라의 예를 들었다.] 그 신(혹은 그 신적 카메라)의 입각점을 포함한 세계를 바라볼(혹은 촬영할) 때 그 세계 밖의 또 하나의 입각점이 전제된다. 그렇더라도 이 입각점 또한 누락되는 것이므로, 역

시 전체 세계가 아니다. 이른바 무한후퇴regressus in infinitum가 발생한다; 물리주의에 의해 전체 세계가 파악된다고? 어림없다. 표준모형 4%의 나머지가, 파악되어야 할, 암흑물질 암흑에너지라고? 인간은 사실은 무엇을 모르고, 무엇을 알아야 할 지도 모른다. 우주 공간 465억 광년 너머, 즉 사건의 지평선 너머를 구명하게 될 거라고? 우주 역사 138억 년 이전을 설명할 수 있을 거라고? 특이점의 그 '점' 하나의 에너지 질량이 파악된다고? 세계가 물리주의[자연주의]를 통해 파악된다는 것은 과거 현재 미래의 엔트로피 변화가 파악된다는 것, '쿼크 이하'의 세계까지 낱낱이 파악된다는 것. 종국에는 우주의 미래가 인간의 시나리오에 따라가게 된다는 것. 인간이 우주의 설계자가 된다는 것; 인간은 '인류세'Anthtopocene에 갇힌 역사적 제한적 생명일 뿐이다. 전체 세계는 파악 불가능!한 전체 세계다. 간단히 니체의 말을 섞어 말하자: 화폭 위에 그려진 전사 하나가 '화폭 전체'에 대해 설명하는 것은 불가능하다. 전사戰士 하나가(혹은 그의 시점이) 있을 뿐이다;

①

봉정사鳳亭寺 돌부처님

천등산 봉정사 뜰에서 만난

아이만 한 돌부처님,

이마에 큰 점 낯익다

천 년 동안 묵묵히 계시던 암자에서

안동댐 수장水葬을 피해

가부좌한 채 이리로 피난 오셨단다

— 신종찬, 「봉정사 돌부처님」 부분

②

남들이 날 부르는 고삐들은

asjc74dr@hanmail.net

01053057372

도봉구 방학동

Fax, …….

— 신종찬, 「명함名銜」 부분

③

한없이 눈물 흘리더라도

슬플 수 있었으면 좋겠다고

간절히 기도했더니

갑자기,

제 눈에서 눈물이 나오기 시작하네요

— 신종찬, 「마네킹의 기도」 부분

④

아직 여름인데 유독 오이 한 포기만 잎이 누렇게 변하
며 시들어졌다. 아무리 살펴보아도 원인을 알 수 없
다. 이제는 뽑아버려야겠다고 뽑으려 하는데 밑둥치
에서 잎에 가려진 커다란 오이 한 개가 누렇게 익어가
고 있다. 늙은 오이를 따 주자 오이 줄기가 다시 힘을
내어 자라기 시작했고 새로 오이가 달렸다. 아차, 내
가 놓쳤구나. 나도 후배들을 위해 진즉에 감투 벗어야
했다.

— 신종찬, 「늙은 오이」 부분

⑤

복사꽃이 핀다
무릉도원이 아수라장이다
화사함이 화사함을 불러오고
향기가 향기를 불러온다
벌이 벌을
나비가 나비를
꿈속이 꿈속을
추억이 추억을 불러온다
복사꽃이 진다
무릉도원이 아수수라장이다

화사함이 화사함을 짓밟고

향기로 향기를 짓밟는다

벌이 벌을

꿈으로 꿈을

추억이 추억을 짓밟는다

　　　　　　　　— 신종찬, 「복사꽃 아래에서」 전문

⑥

향하지 않아도

늘 향하고 있다고 여기는 곳

행복할 땐

제일 먼저 잊어버리는 곳

　　　　　　　　　　— 신종찬, 「고향」 부분

⑦

어제는 어머니처럼 구선대九仙臺로 소풍 갔고

오늘은 외할머니처럼 유화사有花寺에 왔지만

아들 소원했던 외할머니의 간절한 기도처럼

내가 뭘 배우고 뭘 깨닫고자 하는지

더 이상 말할 필요는 없으리

선비가 되고 싶기도 하고, 깨달은 이가 되고 싶었던 사

내는

뜬금없는 생각들에 헛기침도 아끼며

희기만 한 찔레꽃에 적멸위락寂滅爲樂하냐고 묻는다

　　　— 신종찬, 「안동시편 4 —와룡산의 늦봄」 부분

⑧

선생님,

죽을 때까지 혈압약을 먹어야겠지요?

걱정하지 마세요,

사시는 동안만 드시면 됩니다.

그럼 죽고 사는 게 같네요.

그러니 걱정 말고 사세요

　　　— 신종찬, 「걱정하지 마세요」 전문

①의 "봉정사 돌부처님" ②의 "명함" 명함 속의 "asjc74dr@hanmail.net/ 01053057372/ 도봉구 방학동/ Fax, ……." ③의 "마네킹" "마네킹의 기도" ④의 "늙은 오이" "후배" "감투" ⑤의 "복사꽃" "무릉도원" "아수라장" "꿈" "추억" ⑥의 "고향" "행복" 망각 ⑦의 "안동시편" "외할머니" "찔레꽃에 적멸위락寂滅爲

樂", ⑧의 "선생님" "혈압약" "죽고 사는 게" 등 헤아릴 수 없는 세계들-대상들, 모두 신종찬의 세계로서, '대상들'이고 '대상영역들'이다. 안동시편을 광의의 대상영역이라고 하면(얼마나 많은 대상이 등장하나!), 찔레꽃은 대상이다? 간단하지 않다. 찔레꽃의 정보 또한 무한에 가깝다. 찔레꽃은 대상이며 대상영역이다. 대부분의 것들은 대상이며 대상영역이다. 무엇보다 '실재'를 강조해야 한다. 모두 실재들이다. 대상들, 즉 생물 무생물 추상 역사 미술사 소수 자연수 주소 슬픔 의사 역사 등은 모두 실재들이다. "그럼 죽고 사는 게 같네요." 그렇다, 실재로서 숙고의 대상이다. 숙고의 대상이 실재가 아니란 말인가?

여기 겸손한 시인이 있다. 시집詩集을 '나를 찾아서' '옥상 텃밭을 가꾸며' '민들레 씨' '안동 시편' '서 있는 나무' '아버지의 중절모' 등 6부로 나누어 그 각각이 자신이 파악한 '모든 영역'의 영역이었노라고, 자기는 그 각각의 영역에서 실존적으로, 실재적으로, 살았노라고, 그리고 그것을 리얼하게 보여준, 시인이 있다. 제한된 존재로서 제한된 존재론의 영역에서 살았으나! 시詩적 예술적 상상 및 역사적-지리적-자연적 상상력을 통해 자기 영역을 한껏 넓힌 시인이 있다. 인간-세계만을 주시하지 않고, 사물-세계 또한 배려해, 인간, 역사, 동식물 간뼈의 민주주의, 모두가 객체인, '객체들의 민주주의'를 구체화한 시인이 있다. 신종찬 시인이다. ▪️

시집을 내면서

어려서부터 시를 좋아했고 좋은 시를 써 보고도 싶었습니다. 늦은 나이지만 시인으로 등단했습니다. 나름대로 시를 공부하고 썼지만, 시집을 낼지는 망설였습니다. 만약 내 시들이 세상에 나올 아무런 의미가 없다면, 넘쳐나는 시들과 시집들의 혼란을 부추기고 말 성싶어서였습니다. 내 시의 독자 중 일부라도 내 경험과 이미지에 공감하지 않는다면 시집을 내서는 안 된다고 생각했습니다. 그래서 "시는 독자들이 이해하기 쉬우면서도 독창성이 있고, 고정관념에서 벗어난 가치 있는 이미지를 만들어야 한다." 라는 시작詩作 이론에 가깝게 써보려고 나름대로 애썼습니다. 결코 독자들이 이해하기 어려운 시를 쓰고 싶지는 않습니다.

예부터 서양에서는 인간을 언어 동물이라며 시를 문학의 최고 경지로 여겨왔습니다. 중요한 역사서들은 서사시들입니다. 동양에서도 논어에서 "시를 공부하지 않고서는

말할 게 없다(不學詩 無以言)."라고 했습니다. 시를 배우는
것이 말 배움이란 뜻은, 시가 언어의 모든 면을 갖추고 있
다는 뜻이겠지요. 시를 알지 못하고서는 말을 안다고 할
수 없다는 뜻으로 이해할 수도 있습니다. 시경詩經에서
"시는 사악함이 없어 진실하며(詩三百一言以蔽之思無邪 시삼
백일언폐지사무사), 온유하고 돈독함은 시가 가르치는 바이
다(溫柔敦厚詩教也 온유돈후시교야)"라고 했습니다. 저도 제
시로 먼저 제 마음을 가다듬은 후 독자들과도 공감하고
싶습니다.

서정시는 '자유로운 감정의 유로', 흥이 절로 나는 망아忘
我 상태에서 출발한다고 하더군요. 또한 인간의 행동성(서
사성)을 말살하고 압축과 비약을 통해 뼈대만 남겨야 한
다고 합니다. 그런데 저는 이미 나이가 들어 흥은 줄어들
었고, 상상력이 쇠퇴하여 압축 능력도 분명 떨어졌을 성
싶습니다. 다만 나이를 모두 헛먹지만 않았다면 중요한
것이 무엇인지 짐작하여 작은 뼈대를 남기는 일은 조금
할 수 있을 성싶습니다. 다행히 김기림 시인이 시는 '되는
게 아니고, 만들어진다.'고 했다니 노력하면 좋은 시를 쓸
수도 있을 것도 같아 희망을 품어 봅니다.

인간 존재는 돌이 있는 것과는 완전히 다르게, 자유의지

와 불만으로 가득 차게 존재한다는 말에 깊이 공감합니다. 실존주의자들은 인간은 자유의지에 의하여 새로운 자기를 스스로 창조해 나가는 존재라고 합니다. 또 인간은 제힘으로 미래를 개척하고 건설해 나가야 하기에, 자유는 불가피하게 짊어진 십자가라 합니다. 또 인간의 문화란 창조하고, 파괴하고, 다시 세우지 않고는 못 배기는 흔적이라고 합니다. 저도 이런 문화에 한 다리 걸쳐 보고 싶습니다.

현대인은 고향 상실자들이라고 합니다. 세상은 너무 많이 변했습니다. 고향이 있고 고향에 갈 수 있는 사람들도, 너무나 많이 변해 버린 고향은 그 옛날의 다스한 고향일 수 없습니다. 산천도 많이 변했지만, 사람들이 더 많이 변해 버렸습니다. 따스하게 나를 반겨주던 고향은 이 세상에 이미 존재하지 않아 보입니다. 어떤 이들은 고향을 상실하여 돌아갈 곳이 없는 망명자들인 현대인들은 시詩 속에서 고향을 찾고 위안을 얻으려 한다고 합니다.

현대시는 무의함을 추구한다고도 합니다. 대상을 잃고 이미지만 남게 한다고 합니다. 저도 최대한 이렇게도 써 보려 애써 보지만 그러기에는 역부족입니다. 가능하면 괜찮은 이미지 하나라도 남겨 보려 애썼습니다. 우리가 살고

175

싶은 가상의 풍경을 그려 보았습니다. 제 시를 읽고 독자들 마음의 작은 한 구석이라도 댑싸리비로 쓴 마당처럼 정갈해질 수 있으면 더 바랄 것이 없겠습니다.

동양에서는 선비는 죽을 때까지 학생이라 했습니다. 다만 열심히 배워서 그리 나쁘지 않은 이미지들을 남겨 보고 싶습니다. 끝으로 여러 면으로 도와주신 박찬일 교수와 신승철 시인께 감사드립니다.

2023년 상달에. ▪

어처구니없는 낙인

신종찬

예술가신인상에 당선되어 시인으로 등단하던 때를 평생 잊을 수 없을 것 같습니다. 초심을 잃지 않도록 첫 시집에 당선소감과 심사평을 새겨 두고 등대 삼고자 합니다.

오래전부터 저는 꿈을 하나 갖고 살아왔습니다. 소중한 그 꿈은 아무나 꿀 수 없기에, 그 꿈을 꿀 수 있는 잠자리에라도 들어가 보려 무진 애를 써 왔습니다. 다행스럽게도 올해 벽두에 이제 잠자리에 들면 '그 꿈을 꿀 수 있을 만하다'는 통보를 받았습니다. 이제 꿈꾸던 그 소중한 꿈 꾸려 부지런히 잠자리에 들어가 보려 합니다. 그 꿈은 좋은 시를 쓰는 일입니다.

무슨 동기가 있었는지 모르겠지만 저는 초등학교 때 특별활동으로 운문韻文부를 택했고, 시골 학교여서인지 수업은 겨우 한두 시간 받은 게 전부였습니다. 다만 한 번은 서툰 제 동시가 교내 교지에 실렸습니다. 이후 시에 대한 기억할 만한 기억들은 고1 때 있었습니다. 국어 교과서에

177

실린 만해卍海님의 시 「알 수 없어요」에서 '지리한 장마 끝에 언뜻언뜻 보이는 푸른 하늘은 누구의 얼굴입니까'라는 시구에, 한참 동안 생각이 멈춘 적이 있었습니다. 어떻게 이런 뜻깊고 멋진 말을 할 수 있는지 무척 놀라웠습니다. 어느 날에는 당시 우리 집 앞 낙동강 변에 있던 이육사李陸史 시비詩碑에 새겨진 「광야」와 「청포도」를 학교에서 배웠습니다. 이육사 선생님의 고향이 제 고향 동네와 가까이 있어, 어릴 적부터 이육사 선생님 말씀을 많이 듣고 자랐습니다. 이육사 선생님처럼 멋진 시를 쓰고 싶었습니다. 아마도 이런 동기가 문학과 시가 제 사유思惟 세계의 귀향 점으로 설정된 듯합니다.

의사의 길을 걸으며 문학을 생각할 겨를 없이 바쁘게 살았습니다. 다만 세상은 온통 '미끼'로 가득 차 있다는 생각이 들었습니다. 자연계는 물론 인간관계에서도 익숙한 아주 가까운 관계에서부터 새롭고 먼 관계에 이르기까지 온통 미끼로 넘쳤습니다. 살면서 저도 미끼에 자주 걸리자, 미끼인 줄도 모르고 미끼를 던지기도 했고 미끼에 걸려 눈물도 많이 흘렸습니다.

오십이 넘자 겨우 제정신이 들기 시작했습니다. 삶을 되돌아보게 하는 심각한 일들이 엄습해 왔습니다. 세상은 진실이나 본래의 의도와는 아주 다르게 평가받고 흘러갔습니다. 더없이 향기로운 꽃을 피우고 열매 또한 진주 같은 나무를 「쥐똥나무」라는 동물의 배설물로 부르는 어처구니없는 낙인烙印찍기가 제 삶에도 일어났습니다. 삶의 진정한 의미가 뭔지 알아보려 무척 헤맸습니다. 책들을 읽고 나니 쓰고도 싶었습니다, 먼저 수필을 통해 문학에 접근했습니다. 그러나 수필만으로는 부족했습니다. 함축성 있는 말로 삶에 대해 묻고 싶었습니다.

철학이 삶의 의미에 대해 질문을 던지는 것이라면, 문학은 삶의 의미에 대해 답하는 것이라 하더군요. 언어는 질문하기 위해 창안되었다는 주장도 있더군요. 대답은 온갖 몸짓으로 할 수 있지만, 질문은 반드시 말로 해야 효과적이겠지요. 사람이 사람다운 것은 삶에 질문을 던졌을 때부터였다고 하는 철학자도 있더군요. 행복하려면 누가 '나를 뭐라고 불러주는 게' 중요한 것이 아니고, 스스로 '자신이 누구라는 의식'이 더 중요하다고 생각합니다.

'오십에 능참봉'이란 말이 있습니다. 늦게 얻은 벼슬이지만 소중하게 여기고 소임을 다하라는 뜻이겠지요. 이미 저는 육십 대 중반에 섰으니 니체의 '정신변화 3단계'에 따르면 마지막 '어린아이' 단계입니다. 어린아이가 할 수 있는 일은 놀이입니다. 어린아이는 천진무구하게 놀이를 즐깁니다. 니체는 '놀이 정신'이야말로 창조를 위해 필요하다고 했습니다. 니체의 두 번째 단계인 사자의 정신은 '노!'라고 말해 극복하는 것이므로 넘어뜨릴 적敵을 필요로 합니다. 하지만 어린아이는 새로운 자유를 얻기 위해 누구를 넘어뜨릴 필요가 없습니다. 친숙한 것을 새운 것으로 보이게 하는 바로 창조적인 예술가의 힘이겠지요. 어쨌든 삶을 살아내야 하는 운명을 타고난 「달팽이」처럼, 저의 경우 《예술가》가 운명이라 여기고 부지런히 시를 공부해야겠습니다. 부족한 제 공모 작품을 좋게 평가해 주신 시인·평론가 박찬일교수님께 감사드립니다. 아울러 《예술가》 시인님들께도 정중한 새해 인사와 신입 인사를 드립니다. ▪

—《예술가》 2020년 봄호

환유체계의 향유

심사위원 박찬일·이기언

단순한 알레고리 체계를 넘어

그 동안 달팽이는 느림, 혹은 '느림과 빠름의'의 구체화 Konkretisation로 이해되어 온 것이 사실이다. 달팽이가 '빠름'이기도 한 것은 움직이는 것 같지 않지만 어느새 '저만큼' 가 있는 달팽이이기 때문이다. "달팽이는 움직이지 않는다/ 다만 도달할 뿐이다"(「우주를 건너는 법」 전문)라는 시도 그래서 나왔을 것이다. 일반상대성원리가 말하는 여러 원리들 중의 하나 '두 점 사이를 가장 가깝게 연결하는 것은 직선이 아니라, 곡선이다.'라고 할 때 이는 달팽이에 적용되는 것이기도 하다. 신종찬은 '이런 달팽이'를 넘어 새로운 달팽이를 보여준 것으로 보인다. '달팽이'를 새롭게 명명한 것으로 보인다. '편리한 것과 한 곳에 빠지는' 인간 속성들과 별로 다르지 않은 달팽이의 모습을 포착했고, 그것을 실감나게 보여주었다.

또 한 달이 지나자

낮에도 스무 마리 넘게 보이더니

(…)

지금은 편리한 것과 한 곳에 빠지는 것이 대세이니까요

　　　　　　　　　　　　　—「나와 달팽이」 부분

「나와 달팽이」가 또한 유의미했던 것은 위의 연장선에서, 레밍 효과가 말하는 바, 그 끝에 낭떠러지가 도사리고 있는지도 모른 채 한쪽 방향을 향해 끝없이 몰려가는 '집단 전체주의(혹은 집단 광기)'를 풍자하기 때문이다. 신종찬에 의하여 집단 전체주의(혹은 집단 광기)'가 '대세'인 시대에 우리는 살고 있다.

수작秀作「미끼」는 말 그대로 '미끼로 넘치는 세상'에 대한 알레고리였다. 만인의 만인에 대한 투쟁의 알레고리였다. '미끼를 던지는 자가 있고, 미끼에 걸리는 자가 있다.' ("어딘가에 잠겨 있는 것에게는 모두/ 미끼를 던질 수 있다고 일단 생각해보자// (…) /나는 알지만/ 너희들은 모른다"); 신종찬은 그러나 이러한 일방통행식 시적 운영으로 시를 끝내지 않았다.

　세상은 미끼들로 넘친다/ 미끼를 던진 자가/ 제 미끼에

물리기도 한다 / 미끼는 마냥 미끼가 아닌 세상이다

　　　　　　　　　　　　　　　　　—「미끼」 부분

'미끼를 던진 자/ 미끼를 문 자'라는 단순한 이항대립을 넘어 "미끼를 던진 자가/ 제 미끼에 물리기도 한다"라고 했다. 詩 「미끼」는 단순한 알레고리 체계를 넘어 복잡한 환유체계를 향유했다. 대개의 詩들은 시대의 산물이다. 문학이 시대의 산물임을 망각했을 때, 혹은 문학이 현실을 제외시켰을 때, 혹은 문학이 시대정신을 외면했을 때 예외 없이 등장한 것이 예술종말(혹은 예술시대의 종말)에 대한 논의였다.

신종찬의 시편들에서 또한 주목되는 시가 「쥐똥나무」였다. 특히 끝 연이 주목되었다.

왜 사냐고 묻는다면/ 내 모습과 향기에 알맞은 이름으로/ 나를 불러주지 않아도/ 나는 늘 꽃 피우는 나무로 살아왔다 답하련다

　　　　　　　　　　　　　　　　　—「쥐똥나무」 부분

패러디 또한 시대정신과 무관하지 않다. '태양 아래 새로운 것이 없다.'라고 하는 것 또한 시대정신에 관해서이다.

알다시피 첫 행 "왜 사냐고 묻는다면"은 김상용의 「남으로 창을 내겠소」를 숙고하게 한다. '남쪽이 표상하는 '살만 한 곳'을 숙고하게 한다. "내 모습과 향기에 알맞은 이름으로/ 나를 불러주지 않아도/ 나는 늘 꽃 피우는 나무로 살아왔다 답하련다."는 대여 김춘수의 「꽃」을 숙고하게 한다. 그 동안의 패러디가 중립적 패스티디에 머물러 있었으나, 즉 '형식모방'-'내용변용'에 머물러 있었으나 여기에서는 '풍자적 비판'이라는 패러디의 제3요소를 향유하게 했다. 신종찬의 大成을 빈다. ■

—《예술가》 2020년 봄호